万国儿童文学经典文库

纳尼亚传奇
魔法师的外甥

[英国]克利夫·史戴普·刘易斯 著　周冠琳 编译

吉林出版集团有限责任公司　全国百佳图书出版单位

图书在版编目（ＣＩＰ）数据

纳尼亚传奇. 魔法师的外甥 / （英）刘易斯著 ；周冠琳编译. -- 长春：吉林出版集团有限责任公司，

2014.12

（万国儿童文学经典文库）

ISBN 978-7-5534-6015-4

Ⅰ. ①纳… Ⅱ. ①刘… ②周… Ⅲ. ①儿童文学－长篇小说－英国－现代 Ⅳ. ①I561.84

中国版本图书馆CIP数据核字(2014)第252120号

纳尼亚传奇 魔法师的外甥

NANIYA CHUANQI MOFASHI DE WAISHENG

著　　者　[英国]克利夫·史戴普·刘易斯
编　　译　周冠琳
策　　划　李艳萍
责任编辑　李婷婷
设计制作　圣在动漫学校
开　　本　16
字　　数　10千字
印　　张　5
定　　价　25.00元
版　　次　2015年7月　第1版
印　　次　2015年7月　第2次印刷
印　　刷　北京市俊峰印刷厂
出　　版　吉林出版集团有限责任公司
发　　行　吉林出版集团有限责任公司
地　　址　长春市绿园区泰来街1825号
电　　话　总编办：0431-88029858
　　　　　发行部：0431-88029836
邮　　编　130011
书　　号　ISBN 978-7-5534-6015-4

前言

　　儿童文学起源于人类对儿童的爱与期待，是人类文明的结晶。它以爱的形式，滋养着人类不断繁衍和发展，以对真善美的颂扬担负培育良知的重任。它是爱的文学，帮助儿童认知爱，理解爱，拥有爱。它是真的文学，教育儿童崇尚和追求真理，并充分满足儿童的审美需求。它又是快乐的文学，培养儿童积极向上的人生观，并带给他们幸福快乐的童年生活。

　　经典儿童文学作品具有超越时代的个性魅力，它不只是一段非常有趣的故事，还对儿童的成长起着重要的引导和帮助作用。经典儿童文学作品之所以能够长久地流传，就是因为它倡导的是真理，而真理是永恒不变的。它为儿童走向成年构建了一条通畅的桥梁。

　　《万国儿童文学经典文库》选择各国经典文学名著，保留原著精髓，忠实原著风格，进行精心编译，文字简洁，绘工精良，文字与图画完美结合，具有超强的感染力。本文库选取了爱尔兰乔纳森·斯威夫特的《格列佛游记》、德国格林兄弟的《格林童话》等一大批世界儿童文学经典作品。

　　我们坚信，这些儿童文学经典作品的全新出版，一定会给儿童以无限的乐趣和全新的感受，让他们逐渐认识社会，认识人生，认识自然，不断提升他们的感知能力和对现实生活的领悟能力。

高明

2014年5月1日

　　迪格雷忽然意识到这是一个阴谋，但已经晚了，波莉的手刚一触到一枚黄色的戒指，便瞬间无声无息地消失了……

　　这是一片神奇的土地，所有动物都像鼹鼠一样，从地里破土而出……

　　在阿斯兰的帮助下，迪格雷和波莉如今能自由地往返于纳尼亚和人类世界之间……

很久以前，在伦敦住着一个叫波莉的小女孩。她家的房子和邻居安德鲁家连成一排。

暑假里的一个清晨，波莉在自家的花园里，看见了一个小男孩。

小男孩告诉波莉，他叫迪格雷，妈妈生了很重的病，因此不得不搬到安德鲁舅舅家暂住。

迪格雷发现安德鲁舅舅举止怪异，他的书房禁止任何人进入，似乎隐藏着什么秘密。

波莉和迪格雷开始了有趣的"室内探险"。

波莉带着迪格雷去看"山洞",里面藏着波莉的宝贝箱子。山洞连着一条望不到尽头的"隧道",那里有一间常在半夜发出声响的屋子。

"看,那是幢空房子。爸爸说,自从我们搬到这儿以来,它就一直是空的。"波莉说。

"我们该去侦察一番。"迪格雷兴奋地说。

他们钻进隧道,走着走着,看到右侧墙壁上有个小门。使劲推开门,他们惊奇地发现自己来到了一个陈设齐备的房间。

火炉前的高背椅突然转过来,可怕的安德鲁舅舅出现在他们面前。原来他们正站在安德鲁舅舅的书房里,而不是隔壁的空屋里。

安德鲁舅舅把门反锁，咧开嘴大笑起来。

"很高兴见到你们，我正需要两个孩子呢。你看，我的伟大实验只做了一半。"安德鲁说道。

房间里有一张大桌子，上面放着一个木托盘，里面放着几枚戒指。戒指都成对摆放，每对都是黄绿搭配。

"你不喜欢戒指吗，亲爱的？"安德鲁指着黄戒指问波莉。

"你是说那些黄的绿的戒指吗，太可爱了！"波莉很高兴。

戒指发出嗡嗡的响声，而且声音越来越大，安德鲁舅舅的脸上现出贪婪的神情。

迪格雷忽然意识到这是一个阴谋，但已经晚了，波莉的手刚一触到一枚黄色的戒指，便瞬间无声无息地消失了。

"波莉到底出了什么事？"迪格雷愤愤地问。

　　"祝贺我吧，亲爱的孩子，我的实验成功了。那小女孩已经走了——我把她送到另一个地方去了。"安德鲁搓着手说。

　　原来，安德鲁的教母弥留之际，将一个小盒子交给他。这个古老的盒子装着来自魔法世界的泥土。他费了很大的力气才用泥土造出了黄色戒指，试图让触碰到它的人立刻进入魔法世界。

　　救回波莉的唯一办法就是有人戴上黄色戒指，再带上两枚绿色戒指找到她，然后每人戴上一枚绿色戒指。迪格雷勇敢地答应了这个要求。

　　迪格雷一戴上黄色戒指，安德鲁舅舅和他的书房立刻消失了。

迪格雷发现自己趴在一个水潭边。不远处，波莉躺在一棵树下似睡非睡。此时，他们都觉得似曾相识。看到两人都戴着的黄色戒指，他们终于认出了对方。

　　迪格雷想，所有水潭的下面肯定都有一片天地，而他们所在的树林肯定是各片天地的中央。他决定开始一次真正的探险，于是和波莉手拉手跳进了另一个水潭。

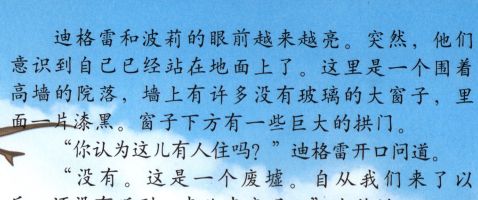

　　迪格雷和波莉的眼前越来越亮。突然，他们意识到自己已经站在地面上了。这里是一个围着高墙的院落，墙上有许多没有玻璃的大窗子，里面一片漆黑。窗子下方有一些巨大的拱门。

　　"你认为这儿有人住吗？"迪格雷开口问道。

　　"没有。这是一个废墟。自从我们来了以后，还没有听到一点儿声音呢。"波莉说。

　　两个孩子紧张地手拉着手，不停地转身，害

怕有人或什么东西从背后窥视或偷袭。他们从一个巨大的拱门向里张望，看见一个幽暗的大厅。

　　走进空荡荡的大厅，穿过柱子之间的拱门，他们来到另一个更大的院子。这里像是荒芜了上千年。他们穿过一个接一个的大房间、一个接一个的院子，仿佛永远也走不到尽头。

　　突然，他们的面前出现了两扇巨大的门，金光闪闪，其中一扇半开着。他们往里一看，不由得深吸了一口气。

呈现在波莉和迪格雷眼前的，是几百尊栩栩如生的塑像。这些塑像都比现实中的人类要高。塑像表情各异，仿佛经历了很可怕的事情。

　　"我敢打赌，这间房子中了魔法。一进来我就感觉到了。"

　　屋子正中立着一根方形柱，上面有一个拱门，门上挂着一个小钟，柱子上刻着一些奇怪的文字。

　　迪格雷敲响了钟。突然大地一阵晃动，房间另一边一大片屋顶塌了下来。钟声停止，灰尘消散，一切又恢复宁静。

　　随着钟声停止，一件令人震惊的事情发生了。从原本不动的塑像群中走出一个衣着华丽的高个子女人。不难看出，她应该是一位女王。

　　"是谁唤醒了我，是谁破了魔咒？"她问道。

　　"我想，应该是我。"迪格雷回答道。

　　"你？你只是个孩子，一个普通孩子。任何人只要看一眼，就知道你的血管里连一滴皇家或贵族的血也没有。像你这样的人怎么敢走进这间屋子？"女王说着，把手搭在迪格雷肩上。

　　"是魔法带我们来到这里的。"波莉接着说。

　　"是因为我的安德鲁舅舅。"迪格雷说。

　　这时，他们身旁传来轰隆轰隆声和砖石坍塌的噼里啪啦声。地板开始晃动，整个宫殿眼看就要倒塌。女王向两个孩子伸出手，带领两个孩子逃离了倒塌的宫殿。

多年以前，女王由于贪婪和野心，逼迫姐姐让出王位，于是发动叛乱。这场战争持续了很久，女王带领的叛军被全歼。无奈之下，阴险恶毒的女王使用了被王族列为禁忌的魔咒。魔咒让所有的生灵都变成塑像了。之后，女王又对自己施法，变成一尊塑像，沉睡了一千年。

　　现在，女王苏醒了，要求迪格雷和波莉带她去人类世界，想用魔法统治整个人类。

　　迪格雷和波莉不肯带女王回去，他们看准机会戴上魔法戒指，从女王面前消失了。

迪格雷和波莉返回了树林，没想到女王也跟了过来。原来，女王抓住了波莉的头发，被带到了这里。

　　"把我带上。你们不要把我留在这个可怕的地方，我会死的。"女王有气无力地喊着，蹒跚地跟在后面。

　　"快点，迪格雷。她杀掉了那么多人，我们不能带着她。"波莉大声说道。

　　两个孩子不顾一切地跳进水潭。但迪格雷感到女王冰冷的手指抓住了他的耳朵。女王的力量正在恢复，迪格雷又踢又打，但毫无用处。

　　一会儿，他们回到了安德鲁舅舅的书房。

　　女王其实是一个魔力强大的女巫，叫简蒂
丝。现在，她被两个孩子带到了伦敦，活生生地
站在了安德鲁舅舅跟前。

　　"是谁把我召到这儿来的？"女王问道。

　　"夫人，是我。我感到极大的荣幸。"安德
鲁舅舅回答道。

　　安德鲁舅舅惧怕女王的魔法，甘心做她的奴
仆。他甚至不知羞耻地向蕾蒂姨妈借钱，打算为
女王租一辆漂亮的马车，弄一套漂亮的衣服。

　　迪格雷为自己的错误向波莉道歉，并和波莉
制订了一个计划，准备合力解决眼前的这个麻烦。

23

就在安德鲁舅舅为女王预订马车时，蕾蒂姨妈见到了这个闯入自己家的不速之客。

"你是谁？立即离开这里。"蕾蒂姨妈说。

女王勃然大怒，想要施展魔法，将蕾蒂姨妈毁灭。

但她的魔力在人类世界居然失效了，可她还是将蕾蒂姨妈狠狠地摔到了垫子上。

蕾蒂姨妈受了点儿轻伤，在女王离开后便让仆人去警察局报案。

迪格雷决定等待舅舅和女王一起回来，然后找机会用魔法戒指把她送回原来的地方。

他们终于回来了，一同回来的还有大批警察。女王像疯了一样骑在一匹马上，引来很多人围观。女王凭借蛮力四处撒野，有几个警察还因此受了伤。

"快，迪格雷，一定得制止她。"波莉说。

趁女王一不留神，迪格雷一把抓住女王的脚踝，然后自己戴上黄色戒指。疯狂的女王立刻被带离了伦敦。一起被带走的还有波莉、马车夫、安德鲁舅舅，以及那匹叫"草莓"的马。

迪格雷原想把女王送回她的城堡，可是没想到却把一群人都带到了另一个世界。

这个世界到处都充满了活力和生机。空中回荡着悦耳的声音，大家都对这如同音乐般的声音大加赞赏。但女王和安德鲁舅舅却似乎很惧怕这种声音。

　　太阳升起来了，迪格雷发现声音是一头巨狮发出的。巨狮正蹲在三百米外的河口，朝着太阳的方向唱歌。

　　女王清楚地意识到，这个世界存在着一种

魔力，与她的魔力完全不同，比她的魔力要强大得多。她想把这个世界乃至所有的世界都撕成碎片，只要能阻止那刺耳的声音。

"哦，原来是戒指，是吗？"女王大叫着将手伸向了迪格雷的口袋。

"小心点！假如你们敢向这边走近半步，我们两个就会消失，把你们永远留在这里。"迪格雷拉着波莉，大声说道。

巨狮也发现了他们，一步一步向他们走来。随着巨狮的靠近，周围不断生长出各种植物。马儿草莓正大口大口地撕咬着新鲜的草。

"好哇，你想带着这男孩偷偷跑回你们的世界，而把我留在这儿。"女王对安德鲁说。

"毫无疑问，我就想这么干。这完全是我的权力。"安德鲁说。

他靠近迪格雷和波莉，想把戒指抢过来，离开这个让他感到非常不舒服的地方。可惜他的伎俩最终没能得逞。

此时，狮子唱着歌越走越近了。

31

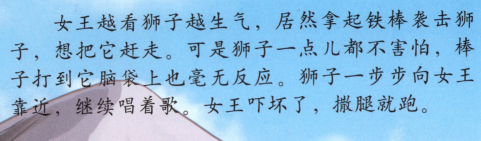

　　女王越看狮子越生气，居然拿起铁棒袭击狮子，想把它赶走。可是狮子一点儿都不害怕，棒子打到它脑袋上也毫无反应。狮子一步步向女王靠近，继续唱着歌。女王吓坏了，撒腿就跑。

其他人也害怕狮子，但发现狮子并无恶意。而且他们还发现，这里的土地好像被施了魔法，任何东西接触到地面，都会长出新的生命来。比如说，刚才女王用过的铁棍掉落到地上以后，居然长成了一柱灯杆。

安德鲁舅舅欣喜若狂，以为自己找到了比美洲新大陆更宝贵的土地。

这是一片神奇的土地，所有动物都像鼹鼠一样，从地里破土而出，成双成对。狗一露出脑袋就汪汪叫。雄鹿的角比其他部分先露出来很长时间。青蛙呱呱叫着蹦到河里去。花豹、黑豹一类的动物将后腿的泥土抖落，在树上磨着前爪。鸟儿在林中发出阵阵啼叫。蜜蜂一秒钟也不愿耽误，一出来就在花朵上忙个不停。

　　巨狮挑选出一些动物代表，让它们聚拢到自己周围。

　　"纳尼亚，纳尼亚，醒来吧。去爱，去想，去说话。让树走动，让野兽说话，还有神圣的水。"巨狮用低沉、粗犷的声音说道。

　　神奇的纳尼亚终于苏醒了。

让孩子们更加惊奇的是，这些被挑选出来的动物都会说话。通过交流，大家知道巨狮的名字叫"阿斯兰"，一个很好听的名字。

"动物们，我把纳尼亚这片土地永久地给了你们。要善待它，珍惜它。别怕，笑吧，动物们，既然你们不再是哑巴，不再愚钝，就不该总是沉默不语。因为有了语言，就会有公道，也就会有玩笑。"阿斯兰说。

于是，动物们无拘无束地笑起来。

看到眼前的一切，迪格雷和波莉开始时还有些害怕，但马上就鼓足勇气，试图和阿斯兰搭讪。尤其是迪格雷，他希望能从阿斯兰那里得到治愈妈妈疾病的灵丹妙药。

　　阿斯兰离开后，迪格雷和波莉，还有马车夫壮着胆子向动物们走去，而安德鲁舅舅则躲得远远的。

　　"这些是什么？"雄河狸问道。

　　"我认为他们是一种食物。"一只兔子说道。

　　"不，我们是人类。"波莉急切地说。

　　马车夫一直在和草莓攀交情。费了好大劲儿，草莓才认出自己以前的主人。在马车夫的一再请求下，草莓终于同意驮着迪格雷和波莉，去找已经远去的阿斯兰。

　　安德鲁舅舅可就倒霉多了，虽然躲得远远的，但还是被动物们发现了。动物们像看怪物一样，把他团团围住。

　　麋鹿和大象的脸在他跟前晃来晃去。熊和野猪在咆哮。黑豹和花豹摇着尾巴盯着他。最令他心惊肉跳的是动物们张大了的嘴。

　　"该死，一定要拿到迪格雷和波莉的戒指，赶紧回家。"安德鲁暗下决心。

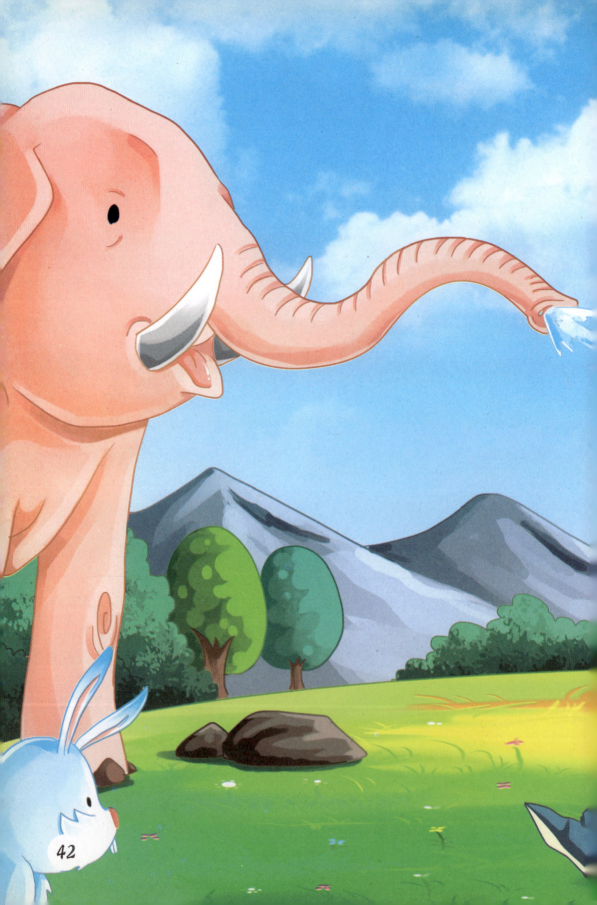

安德鲁舅舅极力向动物们解释，请它们不要伤害自己，可动物们并不知道他在说什么。

　　原来，只有格雷迪和波莉，还有马车夫这种善良人的语言，才能被纳尼亚的动物们理解。

　　他很快就由于惊吓过度而晕了过去。动物们像对待怪物一样开始研究他。大多数动物认为安德鲁舅舅是一棵树，他身上的衣服是树的枝叶。有些动物甚至打算挖个坑把他种上。只有狗坚持认为安德鲁舅舅是一个人，因为它相信自己的鼻子。

　　动物们争执不休，最后，由大象用鼻子从河里取来冰冷的水，把安德鲁舅舅浇了个透心凉。

　　迪格雷和波莉终于追上了阿斯兰。

　　迪格雷毫无隐瞒地讲述了事情的前后经过，没想到阿斯兰并没有责怪他把女王带到了纳尼亚，而是把动物们又召集起来，为大家鼓劲。

　　阿斯兰将马车夫的妻子也请到纳尼亚，并且出人意料地任命夫妻俩为纳尼亚的第一任国王和王后。

　　开始时，马车夫和他的妻子还有些不相信，在得到确认后，他们高兴坏了，承诺一定要公正地对待这片土地上的所有动物。

迪格雷向阿斯兰讨要药物，但阿斯兰却要他先去取回一个苹果。

　　这段旅途非常遥远，果园在纳尼亚的国境之外。迪格雷勇敢地接受了任务。波莉也自告奋勇要和迪格雷一起去。

　　为了方便迪格雷跨越山川，阿斯兰把草莓变成了一匹飞马。阿斯兰还给草莓取了一个新的名字——弗兰奇。

弗兰奇驮着迪格雷和波莉在空中飞行。两个孩子甭提多高兴了，他们从没尝试过飞行。现在，他们骑在弗兰奇的背上，看着脚下的山川土地变得越来越小。

　　整个纳尼亚在他们脚下展开。草地、岩石和千姿百态的树木将大地装扮得五彩缤纷。蜿蜒的小河像一条水银带子缓缓流淌。右边是一片沼泽，左边是高山峻岭……

　　飞行了一天，他们终于离开了纳尼亚国境。旅途劳顿，他们准备在一个温暖的山谷里过夜。

休息的地方找到了，可是没有食物，这可是一件很麻烦的事。

　　好在波莉的口袋里还有一些糖果，两个孩子只好用糖果作为晚餐。

　　波莉留了一个心眼，没有把糖果全部吃光，而是在土里种下一颗。第二天果然长出了一棵糖果树，真是奇妙极了。

　　午夜时分，他们突然发现有一个影子在四周出没，十分吓人。

　　好在一夜平安无事，虚惊了一场。

出发前，波莉和迪格雷在河里洗了澡。然
后，他们开始采集新长出的糖果树上的果实。果
实跟糖果不完全一样，但很好吃，更软一些，而
且多汁。这是一种吃下便联想到糖果的水果。

弗兰奇也美美地吃了一顿早餐，还试着品尝
了糖果果实。他们又开始了新的旅程。

经过一天的飞行，空中飘来一股浓郁的芳香。

"快看啊，湖那边有座青山。看，湖水有多
么蓝啊！"迪格雷高兴地喊着。

原来，他们找到了传说中的蓝色湖泊。

　　他们爬上山顶，看见一个金色的拱门，旁边贴着告示：

　　从金色大门走入，或者留在外面。

　　为他人摘取果实，或者克制欲望。

　　那些偷窃和跳墙的人，会如愿以偿，也会丧气绝望。

　　看来，只能由迪格雷一个人进去，而波莉和弗兰奇要留在门外等候。

　　迪格雷很快便找到了苹果树，从树上摘下一个果实。

出乎意料的是，女王也在果园里。迪格雷从女巫那儿得知这种果实叫"生命之果"，吃了以后可以治愈百病，并且能够长生不老。

　　迪格雷想到患病的妈妈，有些动摇了。但他很快就打定了主意，既然已经答应阿斯兰把果实带回去，那就一定要做到。

　　打定主意后，迪格雷和波莉立刻跳上马背，飞走了。

在回去的路上，迪格雷一言不发，波莉和弗兰奇也不好问他。他还在犹豫，但一想起阿斯兰，便坚定了信念。

　　一整天，弗兰奇都不知疲倦地扇动着翅膀，稳稳地飞行着。越过群山，飞过瀑布，一直飞到纳尼亚林区。

　　他们看见河边聚集了许多动物，阿斯兰也在其中。弗兰奇稳稳地降落在地上。

　　"阁下，我把你要的苹果摘来了。"迪格雷将苹果交给了阿斯兰。

"干得好，亚当之子。"阿斯兰在纳尼亚公民面前称赞迪格雷。

阿斯兰让迪格雷把苹果种到河边的泥土里，这样就可以长出一棵参天大树，保护纳尼亚再不受邪恶女巫的侵犯。

大家为马车夫和他的妻子举行加冕典礼。新国王和王后穿着盛装，款款登上王位。他们不仅外表发生了变化，表情也和以前截然不同。尤其是国王，他在伦敦当马车夫时养成的尖刻、狡诈和好争吵的秉性全然不见了，随之显现的是勇敢和善良。

此时的安德鲁舅舅却狼狈极了，迪格雷和波莉走后，动物们就把他关进了用树枝做成的笼子里，等待阿斯兰的发落。

　　其实动物们并无恶意，纷纷找来自己喜爱的食物送给安德鲁舅舅。最可笑的是那只熊，竟端来了一个野蜂的蜂巢。熊把那团黏糊糊的东西放到笼子上，却忘记了虽然自己不怕野蜂叮咬，但安德鲁舅舅可不行。成团的野蜂终于找到了复仇的对象，冲安德鲁舅舅猛扑过去。

　　整整一天，阿斯兰都在忙着指导新国王和王后，没有时间去过问被关起来的安德鲁舅舅。

　　动物们给安德鲁舅舅带来苹果、梨子、坚果和香蕉。虽然晚餐相当丰盛，可他却无心品尝。

　　阿斯兰并没打算惩罚这个糟老头。

　　"睡吧，睡吧！将你自寻的烦恼丢开几小时吧。"阿斯兰高声念道。

　　安德鲁舅舅立即合上了眼睛。

"好吧，小矮人，施展一下你们的铁匠手艺，给国王和王后做两个王冠。" 阿斯兰说。

安德鲁舅舅当初掉在地上的金币和银币长出了金树和银树，小矮人用它们打造出两顶王冠，一顶送给国王，一顶送给王后。

擅于挖洞的鼹鼠们弄来了很多珍贵的宝石，小矮人把它们镶嵌在了王冠上。

加冕典礼如期举行，所有动物都非常高兴。可迪格雷却心事重重，他还在挂念着妈妈的病。

最终，经阿斯兰允许，迪格雷从新长出的果树上摘下一个苹果，准备带给妈妈。

"啊——阿斯兰阁下，我忘了告诉你，女巫已经吃了一个苹果，跟这树上结的一模一样。" 迪格雷红着脸说。

阿斯兰很赞赏迪格雷的诚实和勇气。

在阿斯兰的帮助下，迪格雷和波莉如今能自由地往返于纳尼亚和人类世界之间。

阿斯兰在树林里对他们发出警告：也许某个坏人会发现女巫那样的魔咒，并用它毁灭所有的生灵。要尽快把安德鲁舅舅的戒指全部埋到地里去。

之后，阿斯兰消失了。迪格雷和波莉感觉到了一种力量，一种甜蜜，同时也意识到，他们从未有过真正的幸福、智慧和美好。

他们和安德鲁舅舅终于回到了喧嚣、炎热的伦敦。

　　伦敦一切如旧。迪格雷让波莉去寻找其他戒指，而自己则去看望妈妈。

　　迪格雷来到妈妈的房间，把苹果一片一片地喂给妈妈吃。刚一吃完，妈妈就微笑着安然入睡，迪格雷知道是苹果起了作用。

　　他俯下身，轻柔地吻了吻妈妈，然后拿着苹果核，悄悄走出房间，把它埋在花园里。

　　波莉找到了所有的戒指。他们来到迪格雷埋苹果核的地方，就像在纳尼亚神奇的土地上一样，那里长出了大树。他们拿起铲子，围着大树把魔法戒指埋起来。

　　一周后，妈妈的病情明显好转。两周后，她便能坐在花园里了，连医生都说这简直是个奇迹。迪格雷当然不会告诉医生这个秘密。

在之后的很多年里，纳尼亚的动物们过着幸福快乐的生活，女巫再没敢来骚扰这片乐土。

　　迪格雷成了著名学者、教授和旅行家。

　　院子里的那棵苹果树，在人类世界中虽然魔力大不如从前，但还保留了一些。它的木料被做成了一个大衣橱，成为另一个故事的开端。

　　安德鲁舅舅没再做任何魔法试验。到了晚年，他不再自私，而是变得和蔼可亲。他总是喜欢在弹子房里会客，给他们讲女王的故事。

　　"她的脾气很坏，但却是一个漂亮的贵妇人……"他饶有兴趣地讲述着。

刘易斯
（1898—1963）

　　刘易斯，20世纪英国著名文学家、学者，杰出的批评家。他毕生研究文学、哲学、神学，尤其对中古及文艺复兴时期的英国文学造诣尤深，堪称英国文学的巨擘。

　　刘易斯一生著述甚丰。学术研究方面最重要的著作有《爱的寓言：中世纪传统研究》《十六世纪英语文学》《个人的异端》等；文学创作上则有《纳尼亚传奇》与《沉寂的行星之外》《皮尔兰德拉》《骇人的力量》。